KB271416

빨간 우체통

빨간 우체통

2024년 7월 31일 제 3판 인쇄 발행

지 은 이 | 지영자
펴 낸 이 | 박종래
펴 낸 곳 | 도서출판 명성서림

등록번호 | 301-2014-013
주　　　소 | 04625 서울시 중구 필동로6(2,3층)
대표전화 | 02)2277-2800
팩　　　스 | 02)2277-8945
이 메 일 | ms8944@chol.com

값 10,000원
ISBN 979-11-94200-10-9

로뎀시집 (10)

빨간 우체통

지영자 동시집

그림 / Lucie Bibolet

도서출판 **명성서림**

작가의 말

　어린 아이들을 꽃 중의 꽃이라 하였다. 아이들을 생각하면 늘 맘이 흐뭇하다. 어른들은 아이들이 늘 바르게, 건강하게 원대한 꿈을 가꾸면서 자기들의 세계를 세워 가기를 바랄 뿐이다.

　동심童心은 말과 생각이 꾸밈없는 자연 그대로의 순수한 시어詩語를 통하여 오염되지 않고 순전한 심성心性, 동시만이 가지고 있는 독특한 빛깔과 색채감을 이 작품을 대하는 모든 사람들에게 투영投影 하고 싶은 단 하나의 이유만으로 이 동시집을 출간하게 된 것이다.

　마지막으로 어린이의 마음에 희망과 기쁨이 이루어지기를 소망하며 이 작품에 한 마음으로 참여하고 삽화를 보내준 프랑스 파리에 있는 손녀, 루씨 비볼레*Lucie Bibolet*에게도 은총의 잔이 넘쳐나기를 바라며 고마움을 전한다.

2024년 6월 28일
작가 지영자

프랑스 손녀 Lucie Bibolet

시詩는 감동을 주는 일로 제 몫을 한다

홍 중 기

광운한국 전쟁문학회 회장

지영자 시인은 92편의 동시를 쓰고 1부~5부로 나누어 펼칠 때 프랑스 손녀 루시가 나눔의 뜻을 풀어놓는 그림을 그려 한층 돋보이는 동시집을 묶어 출간하는 세심한 정성을 들였다

동시로 읽기 전에 동요로 초등학교 시절에 불렀던 동요들이 지금도 낯설지 않다. 입을 벌려 부르는 동요는 어려서부터 노인에 이르기까지 소박한 감성을 가슴에 안고 살아온 귀한 영혼의 소리다. 동시는 아이로 태어나면서부터 노인으로 삶을 마감할 때까지 사람답게 살아야 하는 삶의 길을 인도해 주는 안내서다.

동시는 시 가운데 가장 아름다운 장르로 시인이 감지하는 동심을 온전한 동심으로 완전하게 표현하는 것이다 .

동시는 어린이들이 쉽게 이해할 수 있는 글로 소박하고 단순한 감성을 담을 때 글귀로 다가서는 아이들은 초롱초롱한 눈동자로 기쁨을 만나게 될 것이다 .

아이들이 삶의 길을 비춰주는 등불이 되기를 원하시는 선생님은 중학교 음악 교사를 역임하셨던 시인의 동시를 한번 살펴보자.

　　단풍잎

　　내가 좋아하는 / 단풍잎 하나

　　책갈피에 숨겨둔 / 단풍잎 하나

　　보고 싶어 꺼내 보는 / 단풍잎 하나

　　책 속에서 겨울잠만 자는 / 단풍잎 하나,

동시는 어린이만 읽지 않고 남녀노소 모든 분이 순박했던 지난날을 그리워하며 동시를 만나는 것이다.

혼탁한 사회환경을 치유할 수 있는 길은 시를 읽는 것, 더 나아가 동시를 읽고 어린아이처럼 소박한 심성을 다시 찾아 밝은 표정으로 하루하루를 살아가야 하겠기에 지영자 시인의 동시집 "빨간 우체통" 출간을 축하드리며 독자 여러분께 추천드립니다.

2부

오리어미와 새끼

3부

비가 오려나

4부

연
꽃

5부
___
단 풍 잎

해설

1^부

우리집 꽃밭

누구 닮았나

매일 거울 보고
나는 누굴 닮았나

눈은 엄마 닮고
코는 아빠 닮았나

거울 앞에 선 얼굴
설레는 내 마음.

병원 가는 날

오늘은 엄마가
병원 가는 날
아침 일찍 밥을 굶고 가신다

엄마가 자주 가는 병원
왠지 걱정된다
아빠가 같이 가시니 든든하지만

오시는 손에 들린
많은 약봉지
나이 드신 엄마가 걱정이다.

민들레

보도 블랙 틈 사이
제일 먼저 고개 내민 민들레
어떻게 나왔을까?

숨도 쉴 수 없는 틈새
제일 먼저 봄을 알린
노랑 저고리 입은 민들레

아무리 보아도
신기하고 신비해
깜찍하고 어여쁜 노랑 민들레.

우산

오늘은 봄비가 살랑살랑
아빠 우산 주세요
모처럼 비가 오네요

아빤 검정 우산
엄마는 빨강 우산
나는 노랑 우산

와! 신난다
봄비가 주는 외출
우산 가족 나란히.

엄마 사랑

엄마가 일어나면
잘 잤니?
나를 꼭 안아 줍니다

우리 딸 예쁜 딸
우리 딸 귀여운 딸
나를 안고 빙글빙글

품에 안기는 나
엄마가 너무 좋아
깍지 낀 손 놓지 않습니다

엄마, 사랑해
엄마, 좋아해
하늘만큼 땅만큼.

우리 집 꽃밭

봄이 왔어요
아빠가 꽃모종을 사 왔어요
팬지 제라늄 사계 국화

빨강 보라 하양 노랑
색이 너무 선명하여
마당이 환하고 아름다워요

달맞이꽃 제비꽃 달개비꽃은
심지 않아도 바람 따라 놀러 와
어울려 잘 노는 우리 집 꽃밭.

노래하는 분수

어린이 공원에
자가용 타고 나들이 간
내 마음은 하늘에 둥둥

쏟아내는 분수의 물방울
노래 따라
하늘로 오르락내리락

무지갯빛 고운 햇살
쏟아내는 물줄기 따라
소리치는 아이들

모차르트 소품곡이
하늘로 오르락내리락
나도 신나 몸이 빙그르르.

잘 자라네

어젯밤 봄비가 왔네요
마른 가지 얼굴에
물방울로 세수하였네요

물을 마신 나무들이
좋아서 나풀나풀
윤기 자르르 춤을 추네요

내가 보지 못한 밤사이
연둣빛 물감 옷 갈아입고
쑥쑥 몰라보게 자랐네요.

자랑스러운 손

엄마 손은 약손
아빠 손은 일손
내 손은 배우는 손

엄마 손은 만능 손
아빠 손은 보물 손
내 손은 공부하는 손

무엇이든지 척척 알아서
다 하는 자랑스러운 손
손을 다시 보니 고마운 손.

참새노래

아침 일찍 참새 소리 짹짹
단풍나무 가지 위에 앉아
아침이 되었다고 인사하네

그래그래 알았다고
네가 와서 깨워주니
참 고맙다

매일매일 아침마다 짹짹
우리 집 단풍나무
새들이 아침을 알리느라 짹짹

시간 맞추어
같은 노래 불러주는
고마운 참새 노래 소리 짹짹

뻥튀기

지하철역 옆에
항상 팔고 있는 뻥튀기 과자
지나가다 먹고 싶은
뻥튀기 과자

작은 쌀이 몇 배로 튀어
엿에 버무리 진 뻥튀기 과자
옛날 시골 고향의 설날
하루 종일 펑펑 귀 막고 주워 먹던 튀밥

뻥튀기 과자 생각하면
할머니가 생각
설날 전 준비하시던
쌀 튀밥 과자

내 친구 돌이는 뻥도 잘 치더니
지금은 어디서 무엇하고 있을까
뻥도 잘 치던 친구 녀석
많이 변했을 거야, 뻥쟁이.

강아지는 좋겠다

유모차에 실려 가는 강아지
아기인 줄 알았네
아기 대신 호강하는 강아지
참 좋겠다

강아지 안고
목줄 한 강아지 데리고
산책하는 강아지 식구
참 좋겠다

아기 대신 유모차에
호강하는 강아지
나라 걱정되지만
개판 되는 세상이 걱정이다

그래도 동물 사랑
강아지는 참 좋겠다.

산정호수

엄마
여기가 어디예요?
포천에 있는 산정호수인데
"산속에 우물 같은 호수."라는 뜻이란다

저기 보이는 곳이 명성산
둘레 길이 5킬로 테크노 길이 좋단다
농사를 짓기 위해
저수지로 만든 거란다

그런데 엄마
너무 배경이 웅장하고 아름다워요
호수 위에 떠다니는 오리 배
발로 노 젖는 우리 아빠 멋있어요

엄마 여길 오길 참 잘했어요
김일성 별장도 있고
조각 공원과 수백 송이 꽃
엄마 여기 자주 와요,

쑥 국

오늘은 아침상에 오른 쑥국
엄마가 창릉천에서 캔 쑥
조갯살 넣고 된장 풀어 만든 쑥국

와, 봄맛이다
숟가락이 자꾸 가는 쑥국
엄마의 요리 솜씨 일품이다

엄마의 어깨가 어석어석
우리도 따라서 쑥덕쑥덕
봄 쑥국이 건강에 최고라고.

자가용

옛날에 할아버지는
어떻게 살았을까
불편한 것이 한둘이 아닌데

지금은 너무 살기 좋다고
자주 말씀하시는 할아버지
내가 요즘 태어난 것이 복이라고

기름 한 방울 생산되지 않아도
고속도로를 달리는 자가용
어디든지 씽 씽 편리한 세상

살기 좋은 우리나라 라고
자랑하시는 할아버지.

자식 꽃

자가용으로 달리는 도로변
와! 저 꽃 좀 봐
하양 빨강 철쭉 자주색 꽃잔디

저 꽃 좀 봐
너무 예쁘잖아요
가로수 밑에 질서 정연한 꽃

그래도 세상에 둘도 없는 꽃과
비교가 안 되는 꽃
꽃 중의 꽃은 자식 꽃이라고.

구름

하늘 위 떠다니는
양털 구름, 뭉게구름, 새털구름
두둥실 모양도 가지가지

하늘에서 보여주는
묘기 그림 누가 그리나
요술 부리는 하늘 구름

오늘은 무슨 그림 그릴 가
맑은 하늘에서 장난하는
신기한 구름 묘기.

공부

학교 가면 공부할 것
너무 많아 힘이 든다
그래도 친구들과 함께 모여
신난다

집에 오면 태권도
미술학원
영어학원 끝이 없다
밀린 숙제도 많지만

아무리 힘이 들어도
노력은 성공의 어머니
공부하라는 부모님 말씀
명심하고 열심히 해야지.

2부

오리어미와 새끼

학교급식

아침 밥상, 점심 밥상
저녁 밥상, 세끼 밥상
차려주는 우리 엄마

가족 위해 힘드신 일
수고 많은 우리 엄마
얼굴에는 기쁜 미소

요사이 점심은
걱정 없는 학교 급식
엄마가 좋아하는
학교 급식.

까치 밥

우리 집 감나무
할머니가 남겨두신
빨간 홍시 대롱대롱

까치들이 놀러 와
한 번 먹고 짹짹
두 번 먹고 짹짹

남겨둔 빨강 홍시
먹고 남은 찢어진 홍시
잘 먹었다고 짹짹

시화전

엄마 시화전이 뭐예요?
시인들이 시를 발표하는 날이란다
아! 그럼, 엄마도 하겠네요

나는 시를 잘 모르지만
엄마가 쓰는 시가 참 좋아
엄마를 사랑해서 그런가 봐

시화전을 여는 우리 엄마
세계에서 최고 시인
자랑스러운 우리 엄마.

고양 국제 꽃 박람회

엄마, 해마다 열리는 꽃 박람회
올해도 열리나 봐요
우리도 꽃 박람회 구경하러 가요
야외 전시장, 실내전시장. 공연 이벤트

세계 꽃들이 다 모여
자기 입은 옷이 제일 예쁘다고
이야기하는 꽃 잔치 눈이 부시겠네요
호수 위에 펼쳐진 꽃 뱃놀이도

노래하는 분수에서 쏘아 올리는
하늘로 퍼지는 무지갯빛 분수
생각만 하여도 가슴이 붕 뜨네요.
엄마! 아빠랑 꼭 같이 가요.

엄마 손

우리 엄마 손은 만능 손
요리 솜씨, 바느질 솜씨
못 하는 것이 없는 엄마 손

내가 배가 아프면 약손
옷이 터지면 기워주는 재봉틀 손
배가 고프면 뚝 딱 구워주는 요리 손

오늘은 붕대 감은 엄마 손
관절이 아프다고 하시는 엄마
우리 엄마도 아플 때도 있네

우리 엄마 아프면 절대 안 돼
아프지 말라고 기도 해야지
만능인 손 낫게 해 달라고.

짝꿍

내 친구 단짝인 짝꿍
학교 갈 때 집으로 올 때
항상 붙어 다니는 단짝

서로 만나면 이유 없이 좋아
네가 없으면 하루도 불편해
내 친구 너만 있으면 좋아

보고 보아도 좋아하는
내 친구는 단짝인 짝꿍
절대 변할 수 없는 짝꿍이야.

꽃밭

아빠하고 나하고 만든 꽃밭에
채송화와 백일홍도 예쁘게 피었네요

벌 나비 찾아와 놀다 가면
햇빛도 방글방글 웃고 있네요

아빠하고 나하고 만든 꽃밭에
물뿌리개로 날마다 물을 주면

꽃들이 좋아서 나풀나풀
춤을 추어요, 춤을 추어요.

바람

봄에는 봄바람
살랑살랑 불어오네요
땅속에 있는 새싹 깨우려고
산 위에서 불어오나 봐

여름에는 여름 바람
소나기 한줄기씩 시원한 바람
나뭇가지 푸른 잎 그늘 만들어
땀방울 식히려 바다에서 오나 봐

가을에는 가을바람
산들산들 열매 익어가는 바람
주렁주렁 달린 과일 기분 좋은 바람
가을바람 고마운 바람.

설날이 오면

해마다 설날이 오면
너무 기뻐요
할아버지 할머니께 세배하는 날

친척들 모여 앉아
세배 받으시면 덕담하시고
건강만 하여라, 용기 주시는 날

절만 하면 용돈 생기는 설이지만
이젠 할아버지 할머니
하늘나라 가시고

설날이 돌아오면
보고 싶어도 볼 수 없는 설
마음이 슬퍼지네요.

나의 꿈

엄마는 어릴 때부터
원대한 꿈을 가지래요

꿈을 가지려고 하여도
자신이 없어요

하고 싶은 꿈은
의사, 과학자, 정치학 박사 등

아직 어리니까 희망을 품고
열심히 노력하면 되겠지요.

우리 할아버지

내가 좋아하는 우리 할아버지
나만 보면
세상에서 제일 자랑스러운
손자라고 엄지척

내가 좋아하는 우리 할아버지
존경받는
우리 학교 교장 선생님
학생들에게 칭찬만 하시는 교장 선생님

거짓말하지 말자
착하고 슬기롭게 자라자
교정에서 훈화하시는 멋쟁이 교장선생님
나도 할아버지보고 엄지척.

오리 어미와 새끼

불광천에 찾아온
어미 오리와 새끼

어미만 졸졸
따라다니는 귀여운 새끼

아빠 오리는 어디 있지?
보이지 않는 아빠 오리

그래도 가족은 우리처럼
같이 다니는 거라고 졸졸.

꽃 편지

봄이 오면
꽃 편지 보내고 싶은가 봐
개나리 진달래가 웃고 있네요

화사한 꽃 편지 보고
알았다고
손 흔들어 주면

노란 향기 빨간 향기로
전해주는 귀여운 모습
봄이라는 꽃 편지 읽었네요.

백일홍

귀여운 백일 된 내 동생처럼
수백 송이 피어있는 백일홍
빨강 하양 노랑 자주
색색이 어울려 무리 지어 피어있네

맑은 하늘 아래 떠다니는 향기
보는 나의 코끝에서 들숨 날숨
백일 맞이한 내 동생처럼
꽃대 바람에 흔들리며
눈이 부십니다

나비와 벌이 찾아와 윙크하고
뽀뽀하며 사랑을 나누지만
백일 된 내 동생
깜찍하게 웃는 모습 닮았네

엄마와 내가 반해
까꿍 얼렐레 웃다가 눈물도 나네요
백일홍처럼 백일 된 내 동생
백일홍 꽃다발 만들어 선물해야지!

우리 집 가훈

고양 국제 꽃 박람회에
갔었어요
시화전 사진전 가훈 만들기
친구들은 사진전에서
사진을 무료로 찍었다고 자랑하네요

나는 우리 집 가훈 만들기에서
가훈을 만들었어요
우리 집 가훈
"남보다 앞장서 본보기가 되자."
"이루고자 하는 뜻은 반드시 성공한다."

그중에서
"이루고자 하는 뜻은 반드시 성공한다."로
결정하고 써 준 가훈을 읽어본다
나는 어리니까 뜻을 세우고 성공하기로
엄마도 좋다고 나를 꼭 안아 주신다.

과일

식탁 위에 보기 좋은 과일
먹음직스럽다
그릇에 담긴 과일 한 가족 같다

엄마, 포도 드세요
엄마는 당이 오를 가 봐
먹는 것 조심 한다

아빠, 사과 한 조각만 드세요
내가 이가 시어서, 하하
너는 어리니까 골고루 섭취해야 해

알겠어요, 아빠!
나 혼자 먹는 과일 미안해서 어떡해
엄마, 챙겨 주어서 고마워요.

관광

아빠, 에펠탑이 어디에 있어요?
프랑스 파리에 있단다
그럼, 우리 가족 여름 방학에
에펠탑 구경하러 가요

세계 관광객이 관람한다는
프랑스로
에펠탑이 그렇게 유명한가요?

우리나라 경주 첨성대가
에펠탑보다 작아서 관람객이 작은가!
여름방학이 기다려진다.

3부

비가 오려나

느티나무

여름이 오면 생각나는
느티나무 그늘
시원한 그늘이 되어주는
동네 느티나무

동네 어귀에 자리 지키며
수백 년 동안 동네 이야기
다 들어주든 느티나무
난 네가 너무 좋아

땀 흘리지 마세요
나의 그늘로 모두 오세요
바람 부는 나무 밑에 쉬었다 가세요
여름에는 느티나무 네가 최고야.

장미

너를 처음 본 순간
너를 보고 놀랐잖아
꽃 중의 꽃

지나가다 멈추게 하는
너의 매력에 빠지잖아
어쩌면 좋아

너의 향기에 반해
너의 이름에 반해
나 어쩌면 좋아

우리 엄마처럼
좋아하는 마음
너는 모르지.

김밥

엄마가 만든 김밥
색동옷 입었네

노랑 단무지
파란 시금치
하얀 계란말이

검은 치마에 색동저고리
엄마가 만든 김밥
맛도 일품이네요.

사진 속의 가족

오랜만에 찍은
가족사진 보면

동생 코는 아빠 닮고
동생 눈은 엄마 닮고

나는 누굴 닮았나?
엄마 아빠 다 닮았나!

모두 웃고 있는 가족
다 같이 쌍둥이 같네.

할아버지 돋보기

할아버지 신문을 보시면
나를 찾는다

우리 집 강아지야
할아버지 돋보기 찾아와

네, 할아버지
글만 보시면 찾는 돋보기

왜 그럴까?
돋보기로 보시면 해결되시는
우리 할아버지

작은 것이 크게 보이는
안경이 있어 천만다행이다.

엄마의 기도

엄마는 새벽마다
기도하러 가신다
엄마!
기도 그만하고 주무세요, 하면

너희들이 건강하게
아프지 말고
잘 자라기 위해
기도해야 한단다

문을 열고 나가시는
우리 엄마
자랑스럽고 고마운
우리 엄마.

소요산

자가용 타고 붕붕
소요산 가는 날
아빠 따라가는 신나는 날

위로 아래로 옆으로
우거진 나무와 숲
새들의 보금자리 파란 나무

철쭉꽃 피어 숲에 쌓인 산
눈이 시원하고
마음도 시원하다

내가 보지 아니하여도
너희들 말없이 잘 컸구나
모처럼 너희들 보니 반갑구나

하늘로 날아가는 기분
아마 너희들은 모를 거야
나도 너희와 같이 살고 싶단다.

여름 방학

내가 좋아하는
여름방학 기다려진다

머리 아픈 공부도 쉬고
숙제도 쉬고

어디로 여행 갈까
가고 싶은 나라도 많네

생각만 해도
기분 좋아지는 방학이네.

대추나무

63

우리 집 대추나무
바람 불면
살랑살랑 손 흔드네

십 년 동안 그 자리에
그대로 서서
나이를 먹어가네

아침마다 안녕
잘 잤니 ? 인사하면
손 흔드는 대추나무

바람 친구와 함께
오늘은 조용하게
잘 있다고 웃고 있네.

가을

가을에는
파란 하늘이 더 높아요
귀뚜라미 소리
더 요란하게 우네요

코스모스 꽃잎이
나를 보고 웃고 있네요
가을에는
나무들이 색동 옷 갈아입어요

가을에는
나무들이 열매 익어
주렁주렁 달리네요
아름다운 가을이 왔네요.

가정의 달

5월은 가정의 달
가정의 달이
무슨 뜻이야?

그걸 몰라
가정의 달은
감사의 달이지

아빠 엄마가 계시고
누나와 동생이 있어
더없이 행복한 달이지

내가 있고 네가 있고
우리가 있어 온 우주가
기쁨의 달이지.

어버이 날

말만 들어도
기분 좋은 어버이날
오늘은 감사의 노래를
불러 드려야지

사랑한다고
아주 많이 사랑한다, 고
가슴에 카네이션 꽃
달아 드려야지

세상에 둘도 없는
우리 부모님
오래오래 사시라고
하나님께 기도 해야지.

우리 아빠

아빠! 하고 부르지만
엄마보다 무섭게
느껴지는 우리 아빠
왜 그럴까!

말이 없고 근엄하신
우리 아빠
남자라 그런 건가
나만 그런가?

남자다운 우리 아빠
출근하실 때 보면
최고의 멋쟁이 신사
옆에 있으면 든든한

기댈수록 힘이 되어 주신
우리 아빠!

봄

봄이 왔다고
잠자든 나무 눈을 뜨네요

개나리 매화꽃
소리 소문 없이 꽃이 피네요

봄이 오는 소리 듣지 못해도
바람이 실어 오나 봐요

참 신기하네요
잠자든 나무 깨어나네요

파란 옷 입고 여기저기
촉수 터지는 소리

요란하게 들리네요
와, 봄이다.

개미 잔치

마당에 흘린 쌀 한 톨
개미들이 잔치 벌였네요

영차영차
까맣게 줄지어 가는 개미 행진

어디로 가나?
힘내자 꼬물꼬물

협동 정신 우리보다
잘 지키는 개미 행렬.

비가 오려나

개미들이 줄을 지어
행진하고 있네요
끝이 보이지 아니하는
군사작전 같아요

누가 대장이지?
신기한 개미 작전
비가 오려면
개미가 이동한다는데
맞는 말인가?

어디로 이사 가는지!
개미의 집단 이동
수천 마리 꼬물꼬물
끝이 보이지 아니하네요

바다와 하늘

바다도 푸르고
하늘도 푸르네요

서로 마주 보고 있는
끝없는 바다와 하늘

네가 크니 내가 크니
비교가 안 되는 하늘

서로 마주 보고
우린 닮았다고 웃어요.

4부

연 꽃

이대로가 좋아

엄마, 뭣 하러 날 낳았는가?
원망하지 않을래요

날 낳아주어
세상을 볼 수 있게 하신
엄마에게
고맙다고 말할래요

엄마, 날 못생기게 낳았다고
말하지 않을래요
엄마 아빠 닮은 내 모습
이대로가 좋아요

건강하게 잘 자라게 해주신
우리 엄마 둘도 없는
최고의 고마운 엄마
아주 많이 사랑해요.

감사해요

사계절이 있는
우리나라 참 좋은 나라
봄 여름 가을 겨울

계절마다 아름다운 나무와 꽃
하나님이 창조하신
참 좋은 계절
사람이 만들 수 없는 계절

하나님이 만드신 솜씨
신비한 세상 이내요
생명이 살아가는
참 좋은 세상 만드신 하나님
감사해요.

네가 태어난 날

네가 이 세상에 태어난 날
2017년 5월 8일
할아버지가 하나님께
복을 빌어 주신 날이란다

아빠가 엄마에게 사랑한다고
너를 안고 고백한 날에
엄마는 감사의 눈물을 흘린 것
너는 모르지만

네가 이 세상에 태어난 날
축복의 꽃다발을 받으며
꽃과 나비도 춤을 추며
감동의 봄바람이 불어 온 날이란다
네가 태어난 날...

어린이날

오월의 푸른 하늘처럼
맑고 밝은 어린이날
예쁜 꽃처럼 사랑스러운
어린이날이에요

미래의 꿈을 이루어 갈 어린이
힘차게 용기 있게 슬기롭게 자라자
어두운 세상을 밝게 열어나갈
어린이날이에요

마음껏 행복하고 사랑하고 싶은 날
미래를 짊어지고 갈 꿈나무
나라의 보배
웃으며 살아갈 어린이날이에요.

빨간 우체통

안부를 주고받는
빨간 우체통
말없이 우뚝 서서
누굴 기다리나?

아무도 찾지 아니하는
빨간 우체통
주고받는 편지 없는
목이 타는 우체통.

SNS 통해 빠른 정보
주고 받는 편리한 세상
입 벌리고 하품만하는
심심한 우체통.

선생님

학교에 가면 교실 문 열고
애들아 안녕!
선생님도 우리보고 안녕,

선생님은 매일
우리 마음에 예쁘게
여러 가지 색칠하며
그림을 그려 주고 있어요

공부를 못해도
친구들과 장난을 해도
바르게 가르치시는 우리 선생님

앞으로 잘하면 된다고
토닥토닥 달래시고 미소 지을 때
우리 선생님은 천사 같아요.

통일

휴전이 시작되고
기다려 온 통일
통일이 어서 오라고
우리의 소원은 통일이라고
노래를 많이 불렀는데

아직 통일은 무소식이다
갈라놓은 철조망 열면
안될까
남과 북이
손만 잡으면 될 것 같은데

아무리 생각해도
이해가 안 되네
벌써 70년이 지났는데
왜 안 될까

우리 할아버지 생전에 북한 땅
밟을 수 없다고 걱정인데
통일의 노래 불러도
소용이 없네.

가족 앨범

오랜만에 본 가족 앨범
어린 시절부터 노인 된
할아버지 할머니 모습
보고 보아도 흥미롭네요

아빠 엄마의 젊은 얼굴
누가 보아도 자랑스럽네요
백일 된 나의 얼굴
귀엽고 깜찍하네요

오래된 가족사진 보신 부모님
옛날 그때가 좋았다고
잘 자라준 자식들 자랑스럽다고
낡은 앨범 속에 추억을 생각하는
우리 부모님!

독도

엄마, 독도는 우리 땅이라고
선생님이 사회생활 시간에
가르쳐 주었어요

독도가 일본 땅이라고
일본 교과서에
기록되어 있다고 하네요

우리나라 약탈한 36년 잊고
독도 땅을 자기네 땅이라고
우기네요 어쩌면 좋아요

우리나라 통째로 삼키려다
이젠 우리나라 섬 독도 욕심나나 봐
누가 뭐래도 독도는
우리나라 대한민국 섬이에요.

나이 들면 다 그래

할아버지, 큰 소리로 불러도
대답이 없다
보청기 사용해도
잘 들리지 않으신가 보다

문밖에 나가시기도
어려워하시는 우리 할아버지
허리와 무릎이 아파
손에 다시 든 지팡이

할아버지는 웃으시면서
노안이 오면 안 좋은 것 보지 말라고
나쁜 소리 듣지 말라고
많이 다니지 말라고
노인이 되면 다 그렇단다

애써 웃으시는 우리 할아버지
어쩐지 마음이 짠하고 슬프다.

연꽃

엄마, 세미원에
연꽃 보러 가요

끝없이 넓은 초원에
파란 쟁반 위에 켜져 있는
눈이 부신 분홍빛 등

연잎 위에 또르르 구르며
맺혀있는 영롱한 옥구슬

7월의 뜨거운 햇살에
화사하게 웃으며 꽃 피우는

진흙 속에서도 아름다운 꽃
우리 연꽃 구경 가요.

엄마의 소원

우리 엄마 소원이
무엇인지 아세요?

우리 엄마 소원은
자식들이
무탈하게 자라주는 거래요

간단하면서 어려운 가 봐요
자식들이 건강하게 자라기 위해

하나님께 기도 한데요
엄마의 소원을 들어달라고.

맛있는 김치

매일 밥상에 없어서는
안되는 김치
엄마가 손수 담은 맛있는 김치

고춧가루, 마늘, 젓갈, 참깨
갖은 양념 다 넣은
엄마 손맛 김치

반찬 중 빠지면 섭섭한 김치
없어서는 안되는 김치
엄마 손맛이 일품인 맛있는 김치.

개기일식

선생님, 개기일식은 무엇인가요?
아! 개기일식이란
태양 달 지구가
일직선으로 배열되어 달이
태양을 가리는 현상이란다

선생님은 보셨어요?
나도 아직 정확하게
보지는 못했단다
선생님도 보지 못한 개기일식
나는 어려서 보기 힘들겠다

그래도 선생님의 설명이
흥미로워 재미있다
든든한 선생님, 무엇이든지
묻고 답해주시는 선생님이 좋아요.

토네이도와 홍수

T. V. 에 중국 미국 브라질에
토네이도와 홍수로
도시가 통째로 날아가고
물에 잠긴 뉴스가 방영 되네요

도시 전체가 지붕이 날아가고
황토물의 급류에 떠 내려가는 집
다리가 끊어지고
철로가 파괴되고

가스 누출과 정전 사고
무서워요
수중 도시로 변해 버린 나라
자연재해 대책이 없나 봐요

우리나라는 다행히
토네이도가 발생하진 않지만
어떻게 대처해야 할지 무서워요
자연의 힘이 정말 무섭네요.

잠자리

가을날 찾아온 잠자리 떼
매혹적인 너의 자태와
우아한 빛 날개로
자유로운 비행이 흥미롭다

철기철기 소리 내며
비행기 같은 잠자리
나도 너처럼 하늘을 날아
부산으로 갈까, 서울로 갈까
어디 어디 가볼까!

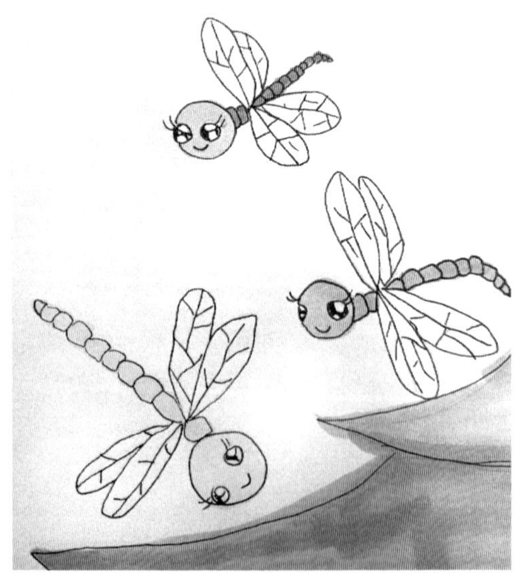

이명

할아버지는
매미 한 마리와 같이 산대요
귀뚜라미도 같이 산대요

대나 숲 바람 소리 심하면
잠을 못 주무시는 할아버지
노인성 질환인
이명이라네요

약도 없는 병
고칠 수 없는 병
이명이라는 이상한 이름
나는 처음 들어보는
이름이네요.

어린아이 같지 않으면

예수님이 말씀하시기를
"너희가 어린아이 같지 않으면
천국에 들어갈 수 없다."라고
하셨어요

주님의 말씀을 잘 듣는
어린아이처럼
주님의 말씀을 듣고 순종하라는 뜻인
천국의 보배인 어린아이

꽃 중의 귀한 꽃 어린아이 꽃
자랑스러운 어린이 꽃
주님이 인정하신 어린이 꽃

천국에 들어갈 수 있는 인정받은
보배로운 어린이 꽃이에요.

5부

단풍잎

철마는 달리고 싶다

임진각에 서 있는
철마를 보셨나요?

총탄에 맞은 구멍 난 상처
전쟁이 끝난 오랜 시간 버려진 철마
나는 달리고 싶어요

남과 북을 연결한 철로 위를
언제쯤 달릴 수 있을까요
알 수 없는 가로 막힌 철길

녹 쓴 철마
그래도 달리고 싶어요
이대로 버려 두지 마세요.

언덕 위 봄

언덕 위 노란 개나리
병풍처럼 노란 울타리

분홍 진달래
산길 따라 활짝 웃으면

노란 산수유꽃
마을 길 따라 반짝반짝

새 옷 갈아입은 요정들
봄소식 전하네요.

선풍기

여름이 오면
너만 찾게 돼
왜 그런지 너도 알지?

여름에는 에어컨보다
네가 더 좋아
잠시 땀을 식혀 주는 네가 최고야

여름에는 너와 친하게
보낼 거야
너도 괜찮지?
나는 너만 믿어.

참외

5월이 오면
택배로 보내오는 참외 한 박스
할아버지의 70년 전 제자가
해마다 보내주는 참외

초등학교 시절
반에서 계급장 달고
사랑 받든 제자 사장이
스승의 사랑 한 박스 담아 보내준 택배

제자가 70년 세월 지나
표시하기 어려운 감사의 선물
할아버지의 제자 사랑에
어깨에 힘주시는 모습 존경스럽다

올해는 과일 값이 장난이 아닌데
또 보내줄까
손자인 내가 기다려진다.

스승의 날

5월 15일은 스승의 날
선생님에게
감사하다고
인사 해야지

우리 엄마도 아빠도
선생님이시지만
나를 가르치시는
선생님에게

존경합니다
말할 수 있을까?
부끄러워서 말도 못 하고
가슴만 두근두근하네.

오월

오월은 푸르고
꽃들이 방실방실 웃고 있네요

초록 물결이 춤추는 산과 들
꽃과 나비가 춤을 추네요

어린이가 자라나는
희망의 달 오월이네요.

단풍잎

내가 좋아하는
단풍잎 하나

책갈피에 숨겨둔
단풍잎 하나

보고 싶어 꺼내 보는
단풍잎 하나

책 속에서 겨울잠만 자는
단풍잎 하나,

낙엽

길에 우수수 떨어진 낙엽
떼굴떼굴
굴러가는 소리

나뭇잎 떨어지면서
오들오들
떨리는 소리 들리지 않고

낙엽 밟는 소리 바스락바스락
가을이 지나가는 소리
쓸쓸한 소리.

손녀 사랑

할아버지는
유치원에 다니는 손녀에게
물건 사는 법을 알려줍니다

유치원에 데려다주고 데려오고
할 때마다
얼음과자 한 개 사 오라고
천 원을 줍니다

한 번도 사러 가지 못한 손녀
사서 올 수 있을까
의심하면서

눈치만 보던 할아버지
웃음꽃이 피었습니다
얼음과자 한 개 동전 500원

사서 온 손녀
잘했다고 안아줍니다
얼굴을 비비는 할아버지.

반성해야지

매일 잘못한 것 많은데
잘못이 없다고 생각한다

하루 세 번씩 양치질하라는 것
점심시간에 하지 아니하고

컴퓨터 게임 오래 하지 말라
하는 약속도 지키지 못하고

저녁에 씻고 자라고 하는 약속
하지 못할 때가 많다

이젠 반성하며
생각을 바꿔야겠다.

신기하다

자고 난 아침 시간 맞춘 듯이
나무 위에 쨕쨕 우는 참새 소리
신기하네

아침에 눈을 뜨면 목련 나뭇잎
맺혀있는 영롱한 이슬방울도
신기하네

사람의 손이 가지 아니하여도
보이지 아니하는 생명의 움직임
키우시는 하나님의 손

정말 신기하다.

창릉천

봄 여름 가을
시임 없이 흘러가는 맑은
개울물 소리

벚꽃 길 언덕 위
파란 하늘 빛 아래
녹음이 우거져 푸르게 적셔있고

햇살은 듬뿍
물소리 싱그럽게
바람 소리 살랑살랑

달맞이꽃, 금계국
지천으로 피어 아름다운 언덕
물오리 떼 짝을 따라 푸드덕
낙원이 비로 여기네요.

할머니의 뜨개질

문밖에 겨울바람 씽씽
부는 동안
할머니는 뜨개실을 감고 있다

막내 이모 결혼 앞두고
할머니는 밤새워
조끼를 뜨고 있다

이모 짝꿍이라 신혼여행 갈 때
입을 조끼, 눈발이 날리는 새벽에
손이 멈췄다
눈발도 멈췄다.

한 알의 씨앗

많은 씨앗 중 그중 한 알씩
만드신 하나님
생명의 신비를 보여 주셨네

채송화 맨드라미 봉숭아
한 알씩 심은 씨앗
아름다운 꽃밭 되었네

"한 알의 밀알이 썩지 아니하면
열매를 맺지 못한다."고 주님 말씀하셨네
한 알의 씨앗이 주는 기쁨

얼마나 아름다운가!

한일 가왕전을 보고

T. V.에서 한일 가왕전을
우리나라에서 하네요
트로트는 잘 모르지만
요즘 계속 방영되고 있어요

일본 가수가
직접 우리나라에 와서
부르는 것은 처음인 것 같아요

일본 가수가 일본 말로 노래 부르니
신기하네요
이젠 우리나라와 일본이
가까워지나 보아요 .

하늘

아버지가 답답하시면
하늘을 봅니다

엄마도 마음에 소원이 있으면
하늘을 봅니다

하늘에 계신 하나님 아버지
찾으시는 우리 부모님

내가 해 달라고 조를 때처럼
똑같은 마음인가 봅니다

나도 힘들면 이젠 하늘에 계신
하나님을 찾아야겠다.

괜찮아

내가 시험 잘 못 보았다고
걱정하면
할아버지는 괜찮다고 하신다

친구들과 장난하다 넘어져 다쳐도
약 바르면 된다
괜찮아하신다

공부 못하여 좋은 대학에
못 들어가면 어떻게 하면
어느 대학이든지 들어가면 된다

괜찮아 걱정 하지 마라
좋은 말만 하시는 우리 할아버지
교장 선생님이라 그런가 봐

할아버지가 계시어 든든해
건강하게 오래오래 사시도록
기도해야지.

바이올린의 초보

엄마가 배워 주시는
바이올린 소리에서
엄마의 고뇌가 들린다

4개의 줄이 솔, 레, 라, 미. (G, D, A, E.)
선이라고 한다
활 잡는 법부터
턱을 닿는 부분부터 익히기가 어렵다

지(G)선은 제일 낮은 음
이(E)선은 제일 높은 음
손가락과 목이 마음대로 되지 않는다
"처음은 어렵지만 배워가면 쉬워진다."라고 하신다

내가 하기에는 벅찬 바이올린
그래도 해야 하는지
곰곰이 생각해 본다.

임진각

아빠
여기가 임진각이에요?
우리 곤돌라 타고
임진강 건너가요

내려가는 강물
바람에 흔들리는 곤돌라
무서워요

저 멀리 북한 땅이 보여요
봄이 왔나 봐요
산과 들에 푸르게 그림을 그렸네요

가고 올 수 없는 북한 땅
곤돌라 타고 북한 땅에
내리면 참 좋겠네요

내가 어른이 되면 갈 수 있을까？
하늘에 나르는 기러기처럼
마음대로 갈 수 있으면 얼마나 좋을까
바라보니 답답하네요.

오월에 만난 꽃

사피니아 베고니아 스타데이지
너희들이 우리 집에 이사 온 날
할아버지가 적응 잘하라고
영양분도 주고 물도 듬뿍 주었단다

매일 아침 목마를 가 봐
물을 주는 할아버지
너희들이 사이좋게 지내니
너희들 보는 것이 행복이다

보라색 노란색 하얀색 빨간색
얼굴색은 다르지만, 한 가족으로
파란 치마에 어울리는 예쁜 얼굴
너희들 보는 재미에 푹 빠지는 오월이다

아침마다 안녕 잘 잤니?
화사하고 예쁜 얼굴
할아버지가 나를 예뻐하는 것처럼
나도 너희가 한 가족 된 것 너무 좋아.

자연과 교감, 천재들이 거니는 동시의 숲길

최 창 일

광운대학교 명예 교수, 이미지 문화 평론가

시인이 시를 쓰면서 동시에 동시를 창작하는 시인이 존경스럽다고 황금찬 시인은 평소 말하곤 했다. 동시는 물기가 머금은 연초록 빛의 이야기가 들어 있다 부연한다. 지영자 시인이 바로 황금찬 시인이 이르는 시인이 아닌가 싶다. 봄이 끝나는 4월이다. 지영자 작가는 〈우리 엄마 최고〉의 동시집을 만들었다. 펴냄과 동시에 3판을 찍었다. 그런데 채 숨도 돌리기 전, 열 번째 동시집 〈빨간 우체통〉을 펴낸다는 소식이다. 평소 한국 현대 시인협회 행사에서 피아노를 치던 선생이기에 그 손끝 선비적 기질을 눈여겨보았다. 1부에서 5부로 나누어진 동시는 90여 편이다. 지영자 시인의 동시를 단숨에 읽었다. 정말이지 동시를 대하는 순간 시에도 새순이 있다는 생각이 든다. 수많은 초록색 싹과 솟아오르는 줄기 속에 잠들었던 아이들의 시선이 초롱초롱하게 걸어 다니는 것이 아닌가.

　시집이나 동시의 해설을 만들면 이런저런 어렵고 난삽한 서론을 쓰기 일쑤다. 지영자 시인의 동시를 보면서 잡다한 서론을 말하는 것이 부질없다는 생각이 들었다. 독자와 같이 한시라도 빨리 동시 속을 거닐고 싶기 때문이다.

　　아침 일찍 참새 소리 짹짹
　　단풍나무 가지 위에 앉아
　　아침이 되었다고 인사하네

　　그래그래 알았다고
　　네가 와서 깨워주니
　　참 고맙다

　　매일매일 아침마다 짹짹
　　우리 집 단풍나무
　　새들이 아침을 알리느라 짹짹

　　시간 맞추어
　　같은 노래 불러주는
　　고마운 참새 노래 소리 짹짹

　　ㅡ〈참새 소리〉 전문이다.

아침은 새로운 탄생의 기적을 열어주는 시간이다. 참새 소리에 귀를 여는 지시인은 동시를 통하여 숲의 인문학을 전한다. 녹색 공간이 뇌를 깨운다(숲의 인문학 박중환). 새들의 놀이터인 그 공간은 천재들의 놀이터다. 박중환 작가는 얼마 전 세상을 바꾼 천재 15명의 생애를 알려주었다. 이들의 이름은 레오나르도 다빈치, 아이작 뉴턴, 찰스 다윈, 장 자크 루소, 이마누엘 칸트, 루트비히 판 베토벤, 존 스튜어트 밀, 요한 볼프강 폰 괴테, 윈스턴 스펜서 처칠, 폴 세잔, 안토니오 가우디, 월트 디즈니, 알베르트 아인슈타인까지 13명은 어린 시절, 혼자 숲에서 빈둥빈둥 보냈거나 동시집을 들고 숲을 거닐었다. 노년에는 정원을 가꾸면서 잠재된 재능을 드러낸 천재라 소개했다. 지영자 동시집을 대하면서 90여 편의 동시들이 하나 같이 자연의 소재들이다. 〈참새 소리〉 동시처럼 시인의 동시는 자연 밖으로 나가질 않는다.

조금은 엉뚱한 소리인지 모르지만, 대한민국의 교육열은 세계적이다. 자녀를 애지중지하며 키운다. 교육의 방법은 오로지 경쟁 안에서 진학만을 위하는 교육이다. 그 결과 이후 오늘 우리의 현실은 결혼 기피 현상과 그로 인한 저출산, 심각한 빈부 격차와 부의 대물림, 급격한 도시화와 주택난 그리고 도시의 인구 집중이다. 부연하자면 우리의 교육제도가 자연을 떠난 교과서라는 것이다. 15명의, 천재 중 13명은 자연과의 밀접한 생활 속에 세상을 바꾼 사람들이다. 이들은 하나 같이 자연 안의 일들을 자연스럽게 몸에 익히고 배운다. 지영자 시인이 동시를 통하여 일깨우는 것은 자연 안에서 소재들의 소중함을 일깨운다. 천진스러운 감성을 일깨우는 일과 무관하지 않다. 우리의 교과서

는 〈참새 소리〉와 같은 동시를 통하여 정신의 감성을 키우는 일이 중
요하다.

　　오늘은 아침상에 오른 쑥국
　　엄마가 창릉천에서 캔 쑥
　　조갯살 넣고 된장 풀어 만든 쑥국

　　와, 봄맛이다
　　숟가락이 자꾸 가는 쑥국
　　엄마의 요리 솜씨가 일품이다

　　엄마의 어깨가 어석어석
　　우리도 따라서 쑥덕쑥덕
　　봄 쑥국이 건강에 최고라고.

　　- 〈쑥국〉 전문이다.

　생각하며 보면 우리는 참 많은 것들을 버리고 산다. 샌드위치나 피
자와 같은 음식이 최고로 여긴다. 시인의 쑥국을 보면서 삶의 고단
함 속에서 아침상에 오른 쑥국을 대하는 것이 '행복 밥상'을 알게 한
다. 우리 가슴 깊숙이 엄마의 손길에서 조리된 쑥국을 통하여 봄이 오
는 길목을 느끼고 벅찬 생의 눈을 뜨게 한다. 아이들과 동시를 많이 만

든 김용택 시인은 봄은 눈시울을 붉힐 줄 알게 하는 고요의 시간이 열린다고 했다. 봄은 쑥국과 함께 시작한다. 쑥국 한 그릇에도 희망의 샘 하나가 출렁인다.

"와, 봄맛이다/숟가락이 자꾸 가는 쑥국/엄마의 요리 솜씨가 일품이다" 구절은 어머니의 푹신하고 단란한 가족의 모습이 그려진다.

근사하고 순결한 자연의 음식은 불순물이 섞이지 않는 것들이다. 예를 들어 쏘시지나 몸에 어울리지 않는 음식은 몸에 퍼지는 속도나 그 기분은 다르다. 맛있기는 한데 입속 가득히 퍼지는 것이 아니라 한쪽 눈을 질끈 감아야 하는 맛이다. "봄 쑥국은 건강에 최고라고." 하는 구절은 따듯하고 정겨움을 가늠키로 하는 문장이다.

불광천에 찾아온
어미 오리와 새끼

어미만 졸졸
따라다니는 귀여운 새끼

아빠 오리는 어디 있지?
보이지 않는 아빠 오리

그래도 가족은 우리처럼
같이 다니는 거라고 졸졸.

– 〈오리 어미와 새끼〉 전문이다.

시인은 불광천을 거닐며 단란한 오리 가족을 만났다. 작은 숲이나 천변을 걷다 보면 도심 속 안에서 다양한 체험의 시간이 된다. 숲이나 동물의 단란한 모습을 바라볼 때 뇌와 반응의 차이는 다각 도로 달라, 진다고 분석한다. 그러한 현상을 회복 환경이라 한다.

눈을 뜨고 있으나 실제로 보지 못하거나 느끼지 못하다면 우리는 눈 뜬장님이라 한다. 오리 가족을 보며 사랑의 속삭임을 전해주는 작가 정신은 눈과 귀를 열리게 한다. 감각이 무디어진 현대인에 천변 산책 길의 동시는 여린 감성을 몸속에 들리게 하는 외침이다. 별들의 바탕 은 어둠이다. 대낮에는 보이지 않는다. 그래서 우리는 감성의 동시를 읽도록 권유한다.

대낮에도 별을 보는 혜안을 위해서다. 그러한 현상을 명상 호흡과 도 같이 비유한다. 보이는 현상을 생각으로 다시 사유하는 것은 인간 만이 유일하다. 수많은 동물은 보았던 것을 다시 기억, 사유하는 일을 하지 못한다. 다음을 우리는 AI 시대라 한다. AI가 소설을 쓰고 시를 만 든다, 하지만 인간의 감성을 흔드는 감각의 일은 하지 못할 거라 한다. 눈에 보이는 현상 너머의 사랑을 그려주는 동시는 마음에 키워가는 푸른 사랑이다. 정호승 시인은 "고래도 가끔 수평선 위로 치솟아 올 라/ 별을 바라본다." 하등 고래도 별을 보며 무엇인가 생각한다는 은 유다. 오리 가족의 단란함을 보면서 인간의 따뜻함을 알게 한다.

내가 좋아하는
여름방학 기다려진다

머리 아픈 공부도 쉬고
숙제도 쉬고

어디로 여행 갈까
가고 싶은 나라도 많네

생각만 해도
기분 좋아지는 방학.

– 〈여름방학〉 전문이다.

어릴 적 최고로 좋은 시간이 여름방학이다. 시인은 절제된 동심의 언어를 사용하지만 울림은 큰 시적 공간을 가져온다. 언어가 간소하다고 그저 짧은 것이 아니다. 짧은 동시안에는 여름방학의 수묵화가 그림처럼 여백의 농담을 그린다. 수묵의 농담은 붓이 가지 않는 부분이고 농담은 먹 색깔의 짙음과 옅음이다. 단순한 방학의 소재를 가지고 어린 시간으로 건너가게 한다. 이 동시는 기분 좋은 말을 생각해서 기분이 좋아지는 경험치의 대표적 동시다. 우리는 좋은 생각을 하며 다시 그대로 생각하면 그 울림의 시간은 크게 다가오는 경험을 한다. 아무래도 동시가 갖는 힘이 아닌가 싶다.

안부를 주고받는
빨간 우체통
말없이 우뚝 서서
누굴 기다리나?

아무도 찾지 아니하는
빨간 우체통
주고받는 편지 없는
목이 타는 우체통.

SNS 통해 빠른 소식
주고 받는 편리한 세상
입 벌리고 하품만하는
심심한 우체통.

– 〈빨간 우체통〉 전문이다.

시인은 현대인이 살아가는 모습을 〈빨간 우체통〉 동시를 통하여 수
많은 사념을 만든다. 지금처럼 휴대전화가 일상화되기 전에는 소식들
이 편지로 소통이 되던 시절이었다. 그 편지를 소중하게 받아주는 곳
이 우체통이다. 지금도 빨간 우체통은 역할하고 있다.
현대문학의 거장 황동규 시인은 즐거운 편지라는 두 연으로 구성된

산문 시를 만들었다.

편지가 주는 생각은 사랑과 이별이 연상된다. 시인에게 화자는 사랑하는 사람에 대한 변함없는 감정을 표현함과 동시에 이 사랑이 영원하지 않다는 사실을 직시하는 내용을 담았다. 지영자 시인은 우체통이라는 사물의 형태를 통하여 심심함이라는 소재를 넣어서 우체통의 심정을 그려주고 있다. 황동규 시인의 즐거운 편지가 사랑과 이별의 노래라면 지영자 시인의 빨간 우체통은 사물의 형태를 통하여 안부를 무언으로 주고받는다. 시인에게 빨간 우체통은 아름다운 시간의 깊은 통찰력을 담고 있다.

결론이다. 시인의 동시를 해설하면서 동시에 무리가 되지 않게 짧은 의미로 다가가고 싶다. 내가 감성에 도달하지 못하면 독자도 도달하지 못한다는 도종환 시인의 글을 읽었기 때문이다. 동시는, 화장하지 않는 문학의 순수한 미인이다. 그 순수미를 잘못 건들면 동시에 대한 형상화를 흩트리게 될까 하는 우려도 있다. 시인의 감성숲이 아이는 물론 어른에게까지 숲이 길이 될 것이 분명하다. 천재들의 녹색 놀이터인 자연이 세상을 변화시키듯 지영자 작가의 순수한 창작의 숲이 이 땅의 천재들이 뛰노는 동시의 숲이다.